以愛獻給我兩個擁抱未來的青春期孩子：漢娜與艾歐拉 —— 凱瑟琳·巴爾

獻給賽爾吉奧 —— 安娜·戈梅茲

文／凱瑟琳·巴爾 Catherine Barr

大學時攻讀生態學，並接受成為編輯的訓練。她在國際綠色和平組織工作的七年間，特別致力於海龜與瀕危物種的保育，並且長期關注環境議題。她出版多本作品，包括《一起拯救亞馬遜》、《海龜視角看大海》、《生命的故事》（暫譯，均尚未在臺灣出版）。目前多數時間都在為孩子們創作科學類圖書。

圖／安娜·戈梅茲 Ana Gomez

畢業於西班牙薩拉曼卡大學藝術系。她一直在尋找能表達腦海中想法與角色的方法，而插畫能讓她藉由畫筆傳達與分享內心的幽默與喜悅。她多以鉛筆速寫，然後以數位方式完稿。目前住在西班牙馬德里。

翻譯／邱孟嫻

臺南人，曾任童書出版社文字編輯、產品企畫與版權經理。譯有《小雷和波波》、《為什麼？》（上誼）、《親子DIY小布的故事》（企鵝）、《夜晚》（三之三）、《小建築師巴布 —— 耍酷的魔法怪手》（東森）等書。《長大後你想做什麼工作？》是她在小熊出版的第一本譯作。

國家圖書館出版品預行編目（CIP）資料

長大後你想做什麼工作？/凱瑟琳.巴爾文；
安娜.戈梅茲圖；邱孟嫻譯. -- 初版. -- 新北市：
小熊出版：遠足文化事業股份有限公司發行，
2022.04

32面；24.5 x 27.5公分. -- （精選圖畫書）
譯自：What jobs could you do?
ISBN 978-626-7050-81-1(精裝)

1.SHTB：自我肯定--3-6歲幼兒讀物

873.599　　　　　　　　　　111002203

精選圖畫書

長大後你想做什麼工作？

文／凱瑟琳·巴爾　圖／安娜·戈梅茲　翻譯／邱孟嫻

總編輯：鄭如瑤｜主編：施穎芳｜特約編輯：邱孟嫻｜美術設計：藍鯨一號｜行銷副理：塗幸儀

社長：郭重興｜發行人兼出版總監：曾大福｜業務平臺總經理：李雪麗｜業務平臺副總經理：李復民

實體業務協理：林詩富｜海外業務協理：張鑫峰｜特販業務協理：陳綺瑩｜印務協理：江域平｜印務主任：李孟儒

出版與發行：小熊出版・遠足文化事業股份有限公司｜地址：231 新北市新店區民權路 108-3 號 6 樓｜電話：02-22181417｜傳真：02-86672166

劃撥帳號：19504465｜戶名：遠足文化事業股份有限公司｜客服專線：0800-221029｜客服信箱：service@bookrep.com.tw｜Facebook：小熊出版

E-mail：littlebear@bookrep.com.tw｜讀書共和國出版集團網路書店：http://www.bookrep.com.tw｜團體訂購洽業務部：02-22181417 分機 1132、1520

法律顧問：華洋法律事務所／蘇文生律師｜印製：凱林彩印股份有限公司｜初版一刷：2022 年 04 月｜定價：350 元｜ISBN：978-626-7050-81-1

長大後你想做什麼工作?

文/凱瑟琳·巴爾　圖/安娜·戈梅茲　翻譯/邱孟嫻

想一想，什麼事讓你感到快樂？

你喜歡身上
髒兮兮的？

你一看書
就欲罷不能嗎？

你喜歡
幫助別人嗎？

你喜歡把東西修好的
成就感嗎？

你喜歡熱鬧嗎？

還是比較喜歡安靜一點？

知道自己喜歡什麼，
或許能幫助你找到未來的工作。

一起來看看，哪些可能是你會喜歡的工作！

如果你喜歡
動手做……

sculptor
雕刻家
創造藝術品

baker
麵包糕點師傅

set designer
布景設計師
設計劇院裡的場景

shoemaker
鞋匠

builder
建築工人

blacksmith
鐵匠會用加熱過的金屬
鍛造、形塑物品。

milliner
帽飾設計師
裝飾帽子

carpenter
木匠

如果你喜歡熱鬧……

pyrotechnician
煙火設計師施放煙火，
發出砰砰聲。

drummer
鼓手

DJ

opera singer
歌劇演唱家

或是你喜歡安靜一點……

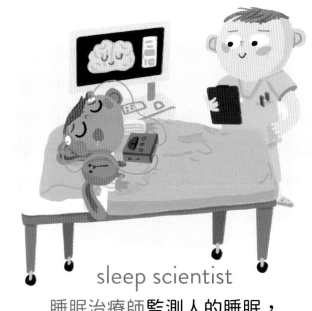

sleep scientist
睡眠治療師**監測**人的睡眠，
找出睡眠障礙的原因。

librarian
圖書館員

yoga teacher
瑜珈老師

wildlife photographer
噓！野生動物攝影師**躲著**，想要悄悄的拍下動物的照片。

如果你不怕弄髒⋯⋯

vet

這位獸醫照顧農場上的牛隻，身上都是泥土。

worm farmer
蚯蚓養殖者

gardener
園丁

clown
小丑

cross-country
runner
越野長跑者

potter
陶藝家巧妙的旋轉陶土，
做出各種器物。

plumber
水管工人

如果你喜歡當領導者……

pilot
飛行員

police officer
警官

prime minister
首相所做的決策，
會影響大家的生活。

film director
電影導演

teacher
老師

conductor
叭叭叭！指揮家指揮整個樂團。

如果你喜歡解開謎題⋯⋯

spy
間諜

botanist
植物學家研究
植物的祕密。

forensic scientist
法醫科學家檢視證據，
幫助破案。

archaeologist
考古學家

cryptologist
密碼破譯家解開
神祕的電腦編碼。

1G03
6TB5
112LO

如果你喜歡發現新事物……

travel writer
旅遊作家

explorer
探險家

climate change
scientist
氣候變化科學家研究
地球氣候改變的原因。

inventor
發明家

planet hunter
行星獵人
在浩瀚的宇宙中
尋找新的星球。

astronaut
太空人

talent scout
星探
發掘有特殊才華的人

如果你喜歡戶外活動⋯⋯

fishing boat captain
漁船船長

surfing coach
衝浪教練

courier
快遞員

conservation worker
保育工作者協助拯救海龜

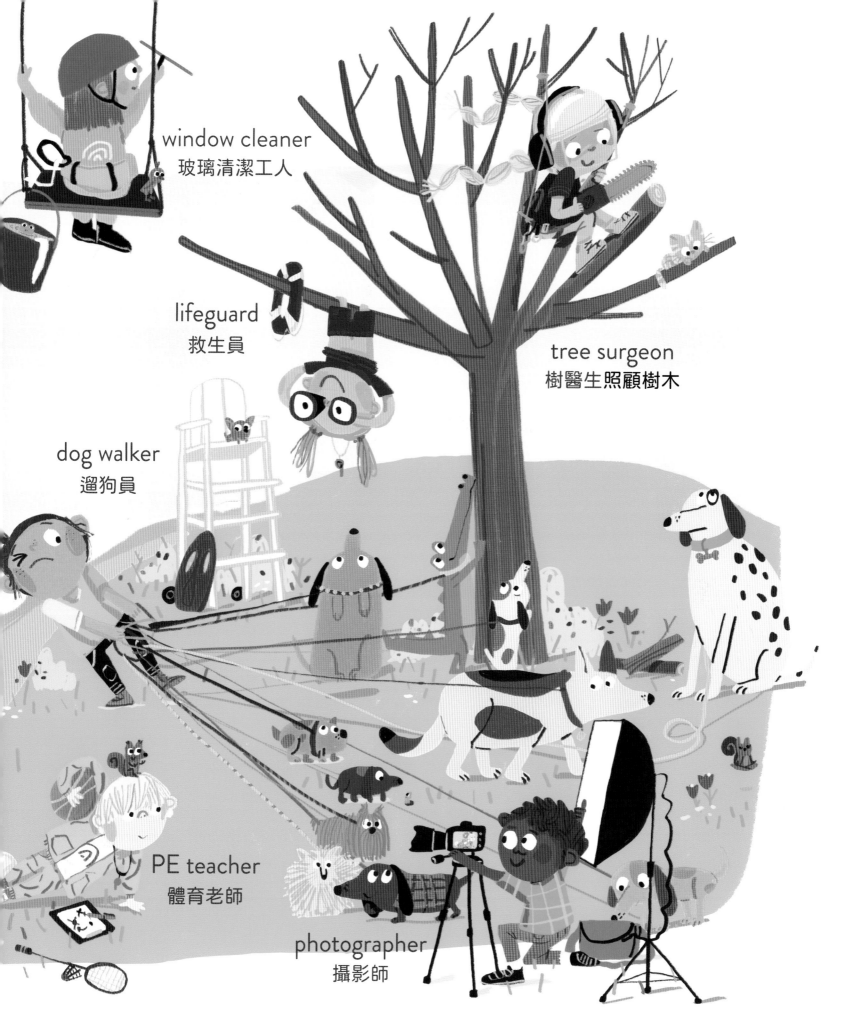

window cleaner
玻璃清潔工人

lifeguard
救生員

tree surgeon
樹醫生照顧樹木

dog walker
遛狗員

PE teacher
體育老師

photographer
攝影師

如果你喜歡動物……

zoologist
動物學家研究動物的行為

orangutan orphanage worker
猩猩孤兒保母

cat food tester
貓食試驗員

guide dog trainer
導盲犬訓練師

ornithologist
這位鳥類學家拯救
被塑膠網困住的鳥兒。

或是你比較喜歡
幫助別人……

mountain rescue worker
山難搜救員

ambulance driver
救護車司機

school crossing guide
導護媽媽

nurse
護士

carer
照顧服務員照顧有需要的人

如果你喜歡數學……

robot scientist
機器人科學家
製造、維修機器人

video game developer
電動遊戲開發者

engineer
工程師是利用數學
來設計、創造事物的人。

football statistician
足球統計員數算進球數、球員人數
和傳球次數，來設定新的目標。

meteorologist
呼！氣象學家研究並預測天氣。

picture book
illustrator

圖畫書插畫家

animator

動畫師

如果你喜歡畫畫……

cartographer

製圖師繪製地圖

painter

畫家

graffiti artist

塗鴉藝術家

song writer
詞曲作者

comedy writer
喜劇作家

journalist
記者

NEWS
CLIMATE STRIKE

poet
詩人

POETRY

script writer
編劇

如果你
喜歡創作……

writer
作家是把想法轉變為大家喜愛的文字與故事的人。

如果你喜歡操作機具……

surgeon
外科醫生使用機器手臂進行手術。

radiologist
放射科醫生拍X光片，
查看骨折的狀況。

farmer
農夫

bike mechanic
自行車維修技師

drone designer
這位無人機設計師
想要蒐集科學數據。

road maintenance worker
道路維修工人

噠噠噠噠！

fork-lift truck driver
堆高機司機

furniture tester
家具測試員使用特殊的機器，
測試沙發的柔軟度。

oceanographer
海洋學家搭乘潛水器，
探索水下深處。

長大以後，你想做什麼工作呢？

知道什麼事情會讓你開心，

等你長大，就會找到你熱愛的工作。

不論你以後做什麼，

都要記得關心他人，以及我們的地球唷！

成為一個好的
聆聽者

勇敢堅強

充滿熱情

做個善良的人

保持好奇心

堅持自己的夢想！